# Dos ranitas muy listas

*Cuento tradicional del Japón*

Lada Josefa Kratky

NATIONAL GEOGRAPHIC LEARNING | CENGAGE Learning

Había una vez una ranita que vivía en Osaka. Había vivido allí la vida entera. Conocía todas las calles, avenidas, parques y mercados.

Había otra ranita que vivía en Kioto. Había vivido allí la vida entera. Conocía todas las calles, avenidas, parques y mercados.

Un día, la ranita de Osaka se dijo:

—Estoy muy aburrida. Voy a ir a Kioto.

Y la ranita de Kioto se dijo:

—¡Qué aburrida estoy! Voy a ir a Osaka.

Las ranitas empezaron a dar saltos el mismo día, a la misma hora. Una iba para Kioto y la otra para Osaka. Pasaron toda la mañana dando saltos.

Llegaron las dos muy cansadas a una loma a mitad de camino.

—Hola —saludó una—. Soy de Osaka y voy para Kioto.

—Hola —saludó la otra—. Soy de Kioto y voy para Osaka.

—Estoy cansada de tanto brincar, ¡y
Kioto queda tan lejos! —dijo la ranita de
Osaka—. No sé si quiero seguir brincando.

—Ni yo —contestó la ranita de Kioto.

—Quiero ver cómo es Kioto desde aquí, pero soy muy bajita —dijo la ranita de Osaka—. ¿Me ayudas a pararme de puntitas para ver mejor?

—Seguro —contestó la ranita de Kioto—, ¿y tú me ayudas a mí a ver Osaka?

Las ranitas se pararon una contra la otra en sus patas traseras. Se agarraron de las patas delanteras para no caerse. Alzaron bien la cabeza. Y empezaron a ver lo que tenían delante de los ojos.

Pero, como las ranas tienen los ojos arriba de la cabeza, lo que veían ahora las ranitas estaba detrás de ellas, y no delante. ¡La ranita de Osaka estaba mirando hacia Osaka! ¡Y la de Kioto hacia Kioto!

—Mira, no más —dijo la ranita de Osaka—. ¡Kioto es igual a Osaka!

—Mira, no más —dijo la ranita de Kioto—. ¡Osaka es igual a Kioto!

Las ranitas se quedaron mirando por mucho tiempo. Cada una veía calles, avenidas, parques y mercados igualitos a los de su ciudad.

Por fin, la ranita de Osaka dijo:

—No hay ley que diga que tenga que seguir yo adelante. Voy a regresar a Osaka.

—Y yo voy a regresar a Kioto —dijo la de Kioto.

Y cada una regresó entonces a su casa, completamente satisfecha.